회사 가기 싫으면
뭐 하고 싶은데?

회사 가기 싫으면
뭐 하고 싶은데?

한 번뿐인 인생,
좋아하는 일 찾아 떠납니다

생강
지음

로그인

모든 일은 이렇게
시작되었다

나는 학창 시절부터 누가 봐도
지극히 평범한 아이였지만

특징 : 없음
좋아하는 것 : 없음
잘하는 것 : 없음

특색 없는 외모

홍길동

(만큼) 특색 없는 이름

나의 무채함에 대해
크게 고민해본 적은 거의 없었다.

안 그래도
번잡한 이 세상...

조용히 살다가
가는 것이 편한 거야~

다만 특별한 꿈이 없다는 건 종종 답답했는데

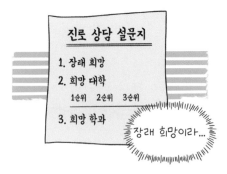

그럴 때마다 나는 유행을 따라가거나

부모님의 바람을 쓰곤 했다.

꿈이 없어도 중고교 시절에는
가야 할 길이 명확했다.

하지만 대학 졸업과 취업이 가까워지자
갑작스럽게 길을 잃은 기분이 들었다.

그렇게 난생처음 미래에 대해 고민하다가

아무런 대책 없이 졸업을 했고

취업 준비생 겸 백수가 되었다.

취준생이 된 나의 하루는 이랬는데

혹시나 하는 기대와
쓰라린 탈락의 아픔이 이어졌고

시간이 지날수록 자존감이 바닥을 쳤다.

그러다가 처음으로 합격 통지를 받았을 때

일단 이 상황에서 벗어나자고 결심한 것이
이 모든 여정의 시작이었다.

CONTENTS

1장

첫 직장에서
생긴 일

또각

또각

나는야 차가운
도시의 커리어우먼

본격적인 입사 전,
한 달간 연수를 받았다.

다른 신입사원들과 함께
각종 교육을 받으며 합숙하는 방식인데

단체복도 준다

애사심을 키울 수 있는
여러 가지 활동으로 구성되어 있었다.

기업의 역사

한 번 더~ 나에게~
질풍 같은 용기를~

각종 응원법

나는 주로 집에 혼자 있을 때
에너지를 얻는 타입이라

낯선 사람들로 북적이던 연수 기간 내내
어찌나 졸음이 쏟아지던지

연수가 끝날 때 받은 롤링페이퍼엔
온통 잠 얘기뿐이었다.

회사 생활은 모든 게 새롭고
배울 것투성이였다.

입사 후 며칠 뒤
보고서를 써야 했을 땐

구구절절하게 편지를 써서

나 대신 불려간 선배를 보면서
괴로워해야 했다.

해야 할 일의 반절도
제대로 못 하는 단계였지만

그럼에도 불구하고
1인분의 월급은 꼬박꼬박 받았다.

대학시절 받았던 알바비보다
훨씬 많은 월급을 받고 나서

부모님께 처음으로 용돈도 드리고

선배들처럼 세련된
직장인이 되기 위해서

큰맘 먹고 백화점 쇼핑도 했다.

텅 빈 책상도 잡다한 물건들로
하나둘 채워놓고 나니

후방 확인용
탁상 거울

쓸데없지만 귀여운
미니 피규어

고급진 핸드크림

거추장스러운 선은 노노!
사제 무선 키보드

직장인이 되었다는 것이
참 뿌듯했더랬다.

나는 차가운 도시의 커리어우먼...

하지만 내 남자에겐
따뜻하겠지...

그 와중에 아주 가끔은

회사에 가기 싫다는 생각도 했지만

잠을 더 자고 싶었을 뿐, 다른 이유는 없었다.

다들 이렇게
어른이 되는 걸까?

타고난 천성과 다르게
꽤 부지런했던 사회 초년생 시절.

본투비 게으름뱅이 체질

왕복 세 시간 거리를
통근하기 위해

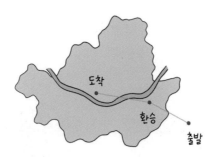

매일 아침 5시 반에 일어나
한 시간 동안 분주하게 준비하고

잘 다린 정장을 입고
높은 구두를 신고 집을 나섰다.

일찍 일어나는 것이 쉽지만은 않았고

쫌만
더 잘까...?

퇴근길엔 발이 퉁퉁 부어서
터질 것 같은데도

빨리 집에 가서

벗어던지고 싶다...

욱신

욱신

그 모든 것을 고수했던 이유는

미숙한 나의 모습을
감추기 위해서였다.

아무것도 없는 기본 캐릭터에

Lv.1 사회 초년생

체 력
지 력
기 품
스트레스

유료 아이템을
장착하는 느낌이랄까.

마계의 하이힐
직장력 +2

작은 키를 보완하여
적의 눈높이에 맞춥니다

붉은 기사의 정장
직장력 +3

보잘것없는 사회 초년생도
그럴듯한 직장인으로
위장시켜줍니다

회사에 적응해서
긴장을 조금 놓기까지는
딱 1년이 걸렸다.

회사와 집만 왕복하는
특별할 것 없는 하루가 매일 반복되면서

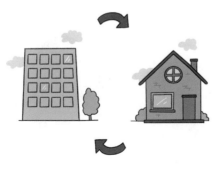

다소 인위적이었던 예전의 그것들이

자연스럽게 떨어져 나갈 무렵에는

잠잘 시간도
부족하다...

기초화장

활동이 편한
비즈니스 캐주얼

가벼운 백팩

긴 통근을 위한
컴포트 단화

문득 어떤 회의감이 들기도 했다.

직장인이란, 어른이란
원래 이렇게 사는 거 아닐까?

마치 덜 마른 옷가지를
축축할 때 걸어 입은 것처럼

나는 급하고 불완전하게 어른이 되고 있었다.

휴우...
오늘도 시작이네.

무관심은 곧
무능력으로 변하고

누가 한 말인지는 몰라도

밥벌이의 고단함을 당연하게
여기도록 만드는 말 중에 최고인 것 같다.

돈을 받고 하는 일은
대부분이 원치 않는 것들이지만

대가가 있기에
근근이 버틸 수는 있다.

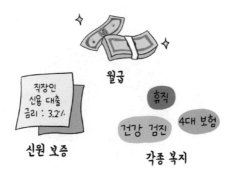

버티는 것을 넘어
즐거움까지 느끼려면

그 일을 잘하거나 좋아하거나
둘 중 하나는 꼭 필요하다고 생각하는데

안타깝게도 나는
어느 쪽에도 해당하지 않았으므로

첫 번째 직장 생활은
그저 버티는 삶이었다고밖에 할 수 없겠다.

처음에는 당연히
일 잘하는 사람이 되고 싶었다.

〈나의 단순했던 논리〉

학생
= 공부 잘하는 게 최고

직장인
= 일 잘하는 게 최고

그런데 '일을 잘한다'라는 것은
의외로 참 애매모호해서

(시험 쳐서 점수 매기는 것이 아님)

단순히 맡은 몫을 해내는 것만으로는
인정받기 어려웠다.

그들이 바라는 모습은
나에게 선천적으로 부족한 것이었다.

공부를 하거나 야근을 한다고
얻을 수 있는 것도 아니기에

나의 능력으로는
불가능하다는 것을 깨닫고

일 잘하는 사람으로 인정받길
포기하기로 했다.

그렇다 보니 원래도
좋아하는 것이 없는 나지만

회사의 일에는 관심조차 생기지 않았다.

이 세상에 좋아하는 일을 하는 사람이
얼마나 있겠냐마는

덕업일치

[더겁일치] (덕業一致)

명 자기가 열성적으로 좋아하는
분야의 일을 직업으로 삼음

나의 경우엔 일에 대한 무관심이

곧 무능력이 되었다.

잘하지도
좋아하지도 않는 일.

버티기 위해서는
뭔가 대책이 필요했다.

힘든 직장 생활에 지친 내가
빠져든 것은 다름 아닌 인터넷 쇼핑이었다.

곰곰이 돌이켜보면 발단은 아마도

문제의 이 카페에 가입한 것이
아니었을까 싶다.

카페에는 오로지
팀장님의 글뿐이었는데

파워 블로거
꿈나무신가...

주로 이런 구성이었다.

오늘 아침 날씨 + 명언 + 격려의 한마디

약간 억지스러움

예시

오늘 아침은 날씨가 서늘해 출근길 이슬이 촉촉합니다 ^^
손자가 말하길, 적이 싸우지 않고 스스로 항복하는 것이
최고의 승리라고 하였습니다
우리 모두 좋은 상품과 영업으로
넘볼 수 없는 업계 1위가 됩시다~!

읽지 않아도 크게 상관없는
소소한 내용이었지만

간혹 이런 상황이 생기기도 했고

다른 팀원들도
열심히 댓글을 달고 있어서

매일 새 글을 확인하는 것이
출근길 루틴이 되었다.

그러던 어느 날 아침,
평소와 마찬가지로 핸드폰을 꺼내는데

부스럭

5분이 채 걸리지 않는
간단한 일이었지만

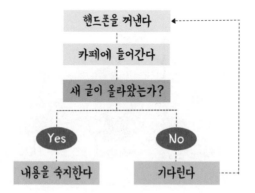

전날의 야근으로 피곤했던 나는
그날따라 몹시 짜증이 나서

어쩐지 충동적으로
종아리 마사지기를 주문해버렸다.

새 물건을 사는 것은
생각보다 기분 전환에 도움이 됐다.

이런저런 이유로 쇼핑엔
큰 관심이 없던 나였지만

그때 이후로 마음이 답답할 때마다
인터넷 쇼핑을 하기 시작했다.

나의 쇼핑패턴

어머! 이건 꼭 사야 해!

1

주로 출퇴근길이나
자기 전 침대에서

일요일 밤이
구매욕 최고조

2

비싼 것 하나보다는
소소한 것으로 많이

흡 족

3
뭔가 해결되길 기대함

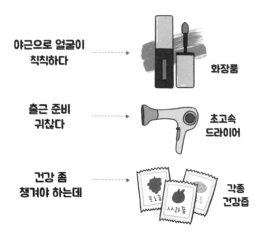

야근으로 얼굴이
칙칙하다 --→ 화장품

출근 준비
귀찮다 --→ 초고속
드라이어

건강 좀
챙겨야 하는데 --→ 각종
건강즙

돈 벌기가 힘들어서 돈을 쓰는
아이러니 속에서

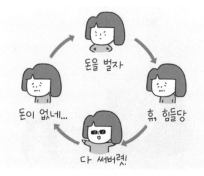

돈을 벌자

휴, 힘들당

다 써버렷!

돈이 없네...

〈공포의 직장인 무한 루프〉

버티면 버틸수록
씀씀이는 더더욱 커져만 갔고

급기야 카드 값이 내가 감당하지
못할 정도가 되고 말았는데..!

불행하다고
느낀 적은 없었는데

후회와 눈물과 고뇌로 밤을 지새우고

다음 날 회사 근처 은행에 가서
마이너스 통장을 만들어
겨우 카드 값을 마련했다.

쇼핑을 줄이기로 결심하고 나서도

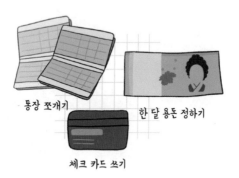

통장 쪼개기

한 달 용돈 정하기

체크 카드 쓰기

할부금이 많이 남아 있었기 때문에
이후 몇 달은 빚만 갚으며 근근이 살아야 했다.

월급을
받아서~

무얼 하나~

한편 그즈음,
나의 직장 생활도 총체적 난국이어서

태어나서 처음으로 불행하다는 생각을 했다.

물론 회사가 인생의 전부는 아니다.

주위를 둘러보면 다들
고된 직장 생활에 힘들어하면서도

회사 밖에서의 다른 삶을 통해
행복을 찾고 있었다.

나도 좋아하는 무언가를 찾아
행복해지고 싶었지만

회사에서 가져온 부정적인 기분은
진드기처럼 달라붙어서

나머지 삶마저 물들여버렸다.

무기력한 내가 할 수 있는 일은
그리 많지 않았는데 주로 이런 것들이었다.

힘들이지 않아도 되고
시간도 잘 가고 스트레스도 풀리는 듯하지만

딱 그때뿐인 일회용품 같은 행복일 뿐
나를 근본적으로 도와주진 못했다.

어쩌다 가끔씩
이런 생각을 하기도 했지만

고민하기 귀찮기도 하고 힘들기도 해서
매번 결론 없이 마무리 짓곤 했다.

나를 미소 짓게 하는
작은 위로

그러던 어느 특별할 것 없는 아침.

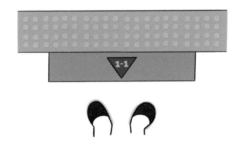

역시 특별할 것 없는 생각을 하며
출근하고 있었다.

환승역을 지나서
회사까지 반쯤 남았을 무렵

갑자기 머리 위에서
얼음이 녹아내리는 기분이 들기 시작했다.

그 생소한 느낌이 목으로 흘러내릴 땐
정전이 된 듯 힘이 빠졌고

정신을 차려보니 바닥에 주저앉아 있었다.

쏟아지는 시선에 당황했지만

대수롭지 않게 여기고 그대로 출근했다.

하지만 증상은 다음 날도, 그다음 날도 계속되었고

결국 출근 도중에 휴가를 내고
역에서 가까운 병원을 찾았다.

그로부터 며칠 뒤,
정밀 검사를 받았는데

검사 중에는 이틀 동안 몸에 전선(?)을 붙이고
지내야 하는 것도 있었다.

차가운 촉감을 느끼며
집에만 있으려니 조금 울적해져서

주렁주렁 선을 달고 외출했다.

오늘의 OOTD

버스를 타고 서래마을에 내려서

가보고 싶었던 식당에서 밥을 먹은 뒤

예쁜 카페에 앉아 만화책을 읽고

단쓴단쓴은 진리!
아이스 아메리카노와
치즈 케이크

보고 또 봐도 재밌는
〈마조 앤 새디〉 정주행

불꽃 축제를 보러 한강에 갔다.

불꽃 축제 처음 가봄

와...
사람 진짜 많다.

비록 나의 상황은 썩 좋지 못했지만

형형색색으로 찬란하게 부서지는 불꽃의 아름다움에

지친 마음을 조금 위로받은 것 같았다.

덧붙이는 쓸데없고 사소한 이야기

①

아름다웠던
축제가 끝난 뒤

예쁘다아~

어우,
피곤해.

얼른 집에
가볼...

자리에서 일어나
집으로 가려는 순간

우글

우글

엄청난 인파가 쏟아져 나왔고

민족 대이동

정류장으로
휩쓸려가는 내내

전선이
떨어진드아아아-

가방을 꽉 부여잡고
신경 쓰느라

만신 창이

심한 몸살에 걸려버렸다

-끝-

2장

이직하면서
생긴 일

뿌이 뿌이

뿌이 뿌-이

3개월의 병가를
내다

기계도 반납하고 결과도 듣기 위해
다시 병원을 찾았다.

그렇게 해서 방문한
정신건강의학과.

평소엔 살짝만 아파도
곧바로 병원에 가면서

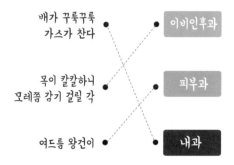

왜 이 생각은 한 번도 안 했을까.

병원에는 생각보다 다양한
사람들이 있었다.

양복을 입은
내 또래 직장인부터

백발이 성성한
노인

엄마와
어린아이까지

순서가 되어 진료실에 들어갔는데

그곳은 다른 병원과 달리 편안함이
느껴지는 구조로 되어 있었다.

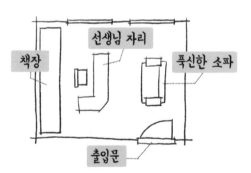

나는 소파에 앉아
그간의 이야기를 천천히 풀어놓았고

선생님은 추가로 질문 몇 개를 하더니
이렇게 얘기했다.

그렇게 일주일에 한 번씩
몇 차례 상담을 받았고,
처방약과 함께

네네!

생강 님, 오늘
약 있으시네요.

↳ 처방전을 주는 게 아니라
병원에서 바로 제조해준다

병가가 필요하다는
진단서 한 장을 받았다.

호전되려면
좀 쉬시면서
치료를 받아야 하는데

진단서

이러이러한 사유로
3개월의 안정 가료가
필요함

그만두는 건
어려우실 테니
병가는 어떤가요?

회사에서 나는
아주 작은 존재인 줄 알았는데

병가를 승인받는 데는
굉장한 절차가 필요했다.

소식을 들은 회사 사람들의
반응은 아주 다양했는데

아무렇지 않게 대해 주는 것이
가장 마음 편했다.

병가 전 마지막 근무 날.
모두가 퇴근하기를 기다렸다가 자리를 정리했다.

이런저런 후회와 걱정이 머릿속을 스쳤지만

일단 숨통이 조금 트이는 듯했다.

나도 대학원이나
가볼까?

병가 초반엔 출근하지 않는 것이
굉장히 어색했는데

차츰 익숙해지는가 싶더니
눈 깜짝할 새 한 달이 훌쩍 지나가버렸다.

회사로 돌아가긴 싫었지만

아무런 대책 없이 그만두자니 늦은 취업 소식에
기뻐하시던 부모님에게 죄송하기도 했고

회사 사람들에게 패배자로
보일가 봐 두렵기도 했다.

그 무렵 유난히도 자주 들리는
소식이 있었는데

퇴사하고 대학원에 진학한 모습이
당차고 멋져 보여서

대학원에 갈 수 있는 이런저런 방법을
알아보기 시작했다.

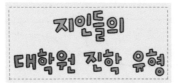

1

해외 유학(주로 미국)을
떠나거나

2

학부 전공 분야의
석사 과정을 듣거나

3

시험을 준비해
전문학교로 간다

대학 전공 역시 나와는
그다지 맞지 않았기에

새로운 전공을 모색해봤지만

대학원 홈페이지 〉 전공 안내 〉 인문/사회계

전공 쇼핑 중

좋아하는 것이 없는 나에겐
그조차 쉽지 않았다.

경영학

경영할 회사 없음
(아무 말 대잔치)

통계학

문과인 척
위장하는
수학 빌런

어학

나에겐
토익도 과분함

나의 고민은 다시
수렁에 빠지는 듯했는데

약사를 준비한다는
동창의 소식을 들었고

마침 며칠 뒤에 약대의
입시 설명회가 있어서 한번 참석해보았다.

사람으로 가득한 대강당에
낑겨 앉아 들어보니

도피처로 삼기엔 무척 어려운
길이라는 걸 알 수 있었다.

문과 전공자는
별도의 학점 이수 필수

+) 대학 졸업 학점이
주요 합격 기준

망했당.

무려 27세에
합격한 분도
계십니다!

+) 뜻밖의 고령자

무엇보다도 가볍게 생각했던 대학원 진학이

누군가에겐 간절한 꿈이라는 걸 알게 되었고

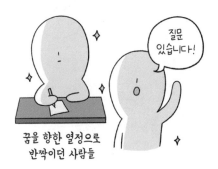

나의 대학원 도전기는 부끄러움만 남긴 채
순식간에 끝이 났다.

내가 뭘 좋아하는지
찾아보자

한편 나를 괴롭히던
무기력과 불면을 해소하기 위해서는

취미를 갖는 것이
도움이 된다고 하는데

나는 변변한
취미 하나 없었다.

하고 싶은 일도
좋아하는 일도 없다는 건

회사를 그만두지 못하는 이유 중
하나이기도 했기에

남은 2개월 동안 내가 뭘
좋아하는지 진지하게 찾아보기로 했다.

좋아하는 일 찾기
프로젝트

인터넷을 뒤져보니 '나'를 분석해준다는
테스트가 많았는데

성격을 분석하여 직업과 취미를
추천해주기까지 했다.

주의사항

- 주어진 시간 내에 완료하시오
- 깊게 고민하지 마시오
- 가능한 한 '보통이다'는 선택하지 마시오

테스트의 질문은
처음부터 쉽지 않았고

나중엔 점점
느낌대로 찍어버려서

할 때마다
다른 결과가 나왔다.

예전엔 싫어했지만
지금은 좋아하는
홍차 음료를 마시다가

얽얽

불현듯 떠오른 생각

다른 것도

그럴 수
있지 않을까?

그래서 평소에 싫어하던 일
두 가지에 도전해보기로 했다.

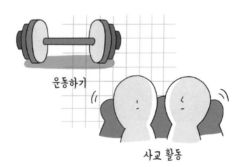

운동하기

사교 활동

헬스장에 등록해 운동을 시작하고

직장인 모임(사교 활동)에도 나가보았다.

주어진 주제로

그림을 그리는 동안

선생님이 돌아다니면서
그림을 봐주고

마지막엔 자기
그림에 대해 발표하는 모임

싫어했던 일은 여전히 싫었지만

의외의 즐거움을 찾기도 했다.

사교 활동 역시 별로였지만
그림 그리기는 생각보다 재미있었다

그 여세를 몰아 꽃꽂이 수업도 들었는데

일주일에 한 번씩,
집 근처 문화센터 방문

꽃을 다듬고 보기 좋게
모양을 잡는 고요한 시간은

일주일 중 가장 행복한 순간이자

무기력으로부터 벗어나게 해주는
탈출구가 되었다.

하고 싶은 '일'은 여전히 찾지 못했지만
좋아하는 것을 하나둘 찾은 것만으로도
나는 큰 용기를 얻었다.

내일이면, 회사에 복귀한다.

이직이
가장 쉬웠어요?

다시 돌아온 회사는
떠나기 전과 달라진 것이 없어서

오히려 마음이 편했다.

한 달 뒤에는
팀을 옮기게 되었는데

새로운 일을 배우고
새로운 사람들과 지내니
한동안은 지낼 만했다.

그러던 어느 날,
입사 동기들과 함께
워크숍에 참석하게 되었다.

진급을 앞두고
이런저런 교육을 받았는데

그중에는 이런 것도 있었다.

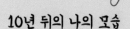

10년 뒤의 모습을
상상하기는 쉽지 않았지만

한 가지는 확실했다.

이직할 회사를 고르는 것 역시
쉽지만은 않았지만

욕심을 버리고 가장 힘든 점 몇 가지만
보완할 수 있는 회사를 찾았다.

조건 1. 외국계 회사

상하 관계가 없을 것
열린 문화, 공정한 평가 체계

조건 2. 통근 편한 곳

지하철만 안 타면 됨
집에서 30분 내외

그렇게 퇴근해서 자기 전기까지
매일 이직 준비를 했는데,

간간이 면접도 보다 보니
몇 개월이 금세 흘렀다.

원하던 회사로부터
합격 소식을 들었을 땐

자리를 박차고 화장실로 달려가
기쁨의 춤을 췄다.

합격의 기쁨이라기보다는
탈출의 기쁨에 가까웠다

이직을 결심하고, 준비하고, 합격하기까지의
과정은 결코 쉽지 않았지만

하루 종일 메일함을
들락거리던 나날들

나중에 충격 먹을까 봐
마음에도 없는 말로
최악의 상황을 가정함

첫 회사가 마냥 싫었던 나로서는
최선의 선택이었다.

회사에 퇴사를 알릴 땐
마치 죄지은 것처럼 심장이 떨렸고

다시 한번
굉장한 절차가 필요했지만

어쨌든 무사히
퇴사 절차를 마무리했다.

리셋 버튼을
누른 것처럼

새 회사 첫 출근을 앞둔 밤,
이런저런 걱정으로 잠을 설쳤다.

출근길 아침은 긴장해서
배가 아플 정도였다.

회사에 도착해
면접 때 보았던 상사를 만나고

함께 일할 동료들을
소개받았다.

경력도, 나이도, 성격도
각양각색의 동료들

이곳은 서로를 부를 때
직급에 관계없이 이름을 불렀고

정해진 자리 없이
아무 데서나 일할 수 있었으며,

저마다 개성이 굉장히 강해서

유니콘st
프링글스st
도화지st

뭔가 미드에 나오는
회사 같았다.

주말에 타투 하러
같이 안 갈래?

우리나라에
이런 회사가
있었다니...

한편 경력직 입사자에게는 신입과는
또 다른 책임과 노력이 필요했는데,

나의 경우엔 직군은 같지만 업종이 바뀌어서

직군	업종
영업 ➡ 세일즈	금융 ➡ 유통업

신입처럼 하나부터 열가지
다시 배워야 했는데

동시에 기존에 있던
사람들만큼의 성과를 내야 했다.

게다가 전 회사처럼 주입식 교육을
해주는 것도 아니어서

자유로운 분위기만큼
개인의 성장 역시 각자의 몫이었다.

그래서 일이 어느 정도
익숙해질 때까지는

나름의 고생이 필요했다.

그래도 이직을 후회한 적은
단 한 번도 없었다.

새 회사는 '회사원으로서의 나'에게
좋은 전환점이 되었고

잊고 싶은
기억   싫었던 사람

              슬럼프   실수했던 것

옆 팀 아무개와   신입사원 때
싸웠던 사건   흑역사

괴롭기만 했던 나의 첫 직장이

수많은 회사 중 하나일 뿐이라는 것을
깨닫게 해주었기 때문이다.

첫 번째부터 성공하면 좋겠지만
그게 아니더라도 다른 회사는 있다.

나의 삶, 이대로 괜찮을까?

두 번째 직장은 꽤 괜찮은 곳이었다.

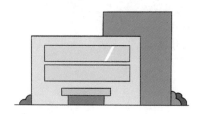

대체로 바빴지만 중요한 날가지
야근할 정도는 아니었고

퇴근 안 해요?

곧 가려고요!

사치를 부릴 만큼 넉넉한 월급은 아니었지만
먹고살기엔 충분했다.

이직하면서
월급은 줄었지만

어쩐지 저축은
더 많이 했다

아껴 사니
문제 없더이다.

엄격하지만 나를 인정해주는
이성적인 상사와

솔직하고 직설적인 성격에
공사 구분이 확실하며
똑똑하고 효율적인 타입
= 같이 일하기 편하다

다정하고 유쾌한 동료들도 있었다.

주말에
소개팅을
했습니다.

모조리
털어놓으시오.

꺄악!

나이가 들거나 가정을 이뤄도

아빠와 동갑이던
옆 팀 동료

출산 및 육아 휴직자

내가 원한다면
오래도록 다닐 수 있는 적당한 회사.

매일이 전쟁 같던
전 직장과 비교한다면

완벽하다고 할 수도 있는
그런 회사.

그럼에도 나는 즐겁게 일하거나

나의 성취에 보람을
느낀 적이 거의 없었다.

그러다 가끔 뜨거운 무언가가
타오르기도 했지만

이런 것을 보거나

이런 말을 들을 때면

하는 생각과 함께
꺼져버리고 말았다.

하지만 언제부턴가
이건 아니라는 생각이 들었다.

이대로 시간이 더 흘러버리면

잠깐이나마 타오르던 불씨가
나에게서 영원히 사라질 것만 같았다.

살면서 나는 단 한 번이라도
열정적이던 때가 있었던가.

좋아서 미칠 것 같은,
완전히 빠져든 무언가가 있었던가.

한 번뿐인 나의 삶은 그냥 이대로

미지근하고 맹숭맹숭한 채로
끝나버리는 걸까.

밀려오는
공허함 속에서

나의 마음을 설명하기란 참 어려웠다.

차라리 말하지 않는 편이 편했다.

잠들기 힘든 밤이 잦아지면서

잠시 잊고 있던
그것들이 또 찾아왔다.

불면과 무기력에서 벗어나게 해주었던
몇 가지 방법을 기억하고는 있지만

퇴근 후 밀려오는 공허함 속에선
아무것도 할 수가 없었다.

멍하니 침대에 누워
기대되지 않는 내일을 기다리기 싫어서

잠이 올 때까지 티비를 켜놓고
영화를 보기 시작했는데

결론부터 말하자면,
이때 우연히 본 영화 두 편 때문에

모든 것을 내려놓고 어디론가 떠나는

그런 말도 안 되는 사건이
발생하게 되었다.

첫 번째 영화는 이것.

〈월터의 상상은 현실이 된다〉, 2013

제목을 보자마자 몇 년 전
누군가로부터 추천받았던 기억이 났다.

주인공에겐 나와 비슷한 부분이 많아서

이름 : 월터 미티
성격 : 내성적이고 소심함
특별한 점 : 없음
특별한 경험 : 없음
취미 : 멍 때리기, 망상하기

영화를 보는 내내 마치
나를 보는 것 같은 묘한 기분이 들었다.

꼭 한번
보라구!

그래서
추천한 건가...

주인공 월터가
잃어버린 무언가를 찾기 위해

잃어버린 필름 하나,
혹은 삶의 정수,

혹은
자기 자신

용기를 내어 미지의 세계로
모험을 떠난 그 순간

심장이 두근거리면서
눈물이 쏟아졌다.

나도 용기를 낸다면,
어디론가 떠난다면,

그곳에 내가 찾던 것이 있을까.

근거도 없는 이 막연한 기대감이
조금씩 커질 때 즈음,

두 번째 영화를 보게 되었다.

〈먹고 기도하고 사랑하라〉, 2010

현실의 고통을 벗어나기 위해
여행을 떠난 주인공은

인도네시아 발리에서
다친 몸과 마음을 치료해준다는
전통 치료사를 만난다.

그녀의 눈을 들여다보고 삶의 지혜를 나누어주는
이 미심쩍은 존재에게

나도 한번 물어나보고 싶었다.

얼마 후 나는 2년간 일했던
두 번째 회사를 그만두고

내 삶의 정답을 찾겠다는
막연한 희망을 품고 발리로 떠났다.

이 무모하고 대책 없는 결정을
언젠간 후회할 수도 있겠지만

이상하리만큼 아무 상관없었다.

비록 작고 희미할지라도

처음으로 내가 원한 일이었기에.

덧붙이는 쓸데없고 사소한 이야기 ②

두 번째 회사에는
유행하는 무언가가 늘 있었다

푸른색 염색

콧수염 기르기

하와이안 셔츠

매번
구경만 하다가

오오...
멋지다...

미니 타투가
유행할 때엔

상사의 꼬임(?)에 넘어가
작은 타투 하나를 팔목에 새겼는데

눈물이 날 정도로
아팠다

3장

퇴사 후
발리에서
생긴 일

내가 발리를
선택한 이유

일곱 시간을 날아 이곳 발리에 온 건

순전히 영화에서 봤던 전통 치료사를
만나기 위해서였지만

그 과정은 순탄치 않았다.

가이드북에도
안 나오고

검색해도
안 나옴

관광 코스가 아니기 때문에
흔한 광고나 홍보가 없는 데다가

찾는다 하더라도
의사소통이 될지 의문이었다.

그러던 중 우연히

해외 서적을 파는
서점에 들어갔다가

영어로 된
발리 가이드북이 있길래
꺼내서 펼쳐봄

'바유'라는 사람을 알게 되어

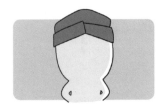

전통 치료 연구가

전통 치료 분야의 권위자
나 같은(?) 외국인을 위해
만남을 주선해주고
통역까지 해준다

책에 나와 있는 연락처로
치료사를 만나고 싶다고 메일을 보냈다.

언제부터 언제까지
발리에 갈 예정인데
치료사를 만날 수 있을까요?

제발...

그 기간엔
이탈리아 출장이 있어서
X월 X일만 가능합니다

헐!

발리에 딱
도착하는 날이라
정신없을 것 같은데...

하지만 뭐,
어쩔 수 없지.

그렇게 발리에 도착하는 날로
약속을 잡았는데...

네, 좋아요
그럼 그날 뵐게요!

그래도
다행이당.

바유를 만나기 전 불과 몇 시간 동안
예기치 못한 문제가 연이어 생긴 탓에

짧게 요약하자면 숙소 문제로
큰돈을 날림

정신줄을 놓아버리기
일보 직전이었는데

바유입니다.

깊고 낮은
목소리

엄청난 장신
+다부진 체격

화려한
전통 의상

바유의 강렬한 첫인상에
정신이 확 들었다.

반가워요.

방금
호랑이...?

멋진 지프차를 얻어 타고
전통 치료사의 집으로 향하는 동안

이런저런 이야기를 나누어보니
그는 매우 자상하고 유쾌한 사람이었다.

치료사를 만나면 일단
당신에 대해
파악을 할 거예요.

몸과 마음에 어떤
도움이 필요한 상태인지
알아보는 거죠.

어떤 사람들은
치료사를 만나면

삶이 완전히 바뀔 거라
기대하지만 그들은
의사나 마법사가 아닙니다.

그저 균형을 되찾을 수 있게
적절한 조언을 줄 뿐이죠.

차에서 내려 바유를 따라 들어간 곳은
전통 양식의 가정집이었다.

집을 둘러보는데,
어둠 속에서 문이 열리더니

한 노인이
성큼성큼 걸어 나왔다.

왠지 이런 모습일 것 같았는데

백색의 간달프st

그보다는 훨씬 친숙한 모습이었다.

둘은 마루에 앉아
간간이 내 쪽을 흘긋거리며
한참 동안 대화를 나누었다.

대화를 마친 치료사는 마루에서 일어나
잠시 자리를 비웠다가

잘 다린 새하얀 옷을 입고 돌아왔다.

무너진 삶의 균형을
맞추세요

바유가 미리 준비한
대나무 바구니에

알록달록한 꽃과
향기로운 풀로 가득

기부금을 살포시 얹고
뚜껑을 닫아 치료사에게 건네니,

기부금
치료에 감사하는 의미로
지참하는 돈
(보통 만 원 정도)

그는 바구니를 들고 집 안의 작은 사당에
들어가 한참 동안 기도했다.

기도를 마치고 나온 치료사의 모습은
한층 더 신비로워 보였다.

내가 천을 허리에 두르는 동안

바유와 치료사는 어디선가 매트를 가져오더니
마루 한가운데에 펼쳐놓고

편하게 누우라며 내게 손짓했다.

초면에 누운 모습을 보이려니
온몸이 긴장되면서 잔뜩 움츠러들었는데

그 모습을 본 치료사가 옆에 있던
잔에 담긴 액체를 입속에 쏙 넣어주었다.

그러자 신기하게도 금방
긴장이 풀렸다.

치료사가 눈을 감고
내 손을 요리조리 꾹꾹 누르기 시작했고,

왼손을 누를 땐
큰 느낌이 없었는데

오른손을 누를 땐
찌릿하게 아팠다.

바유가 통역해주기를
왼손은 몸과 정신의 에너지 균형을 보여주고

오른손은 신체 내부의
생산과 순환을 보여주는데

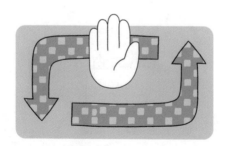

오른손이 아픈 건 생산과 순환이
막혀 있기 때문이라고 했다.

이때까지도 약간의
의심이 남아 있던 나는

뭔가 아프고 무시무시한
치료를 해야 한다거나

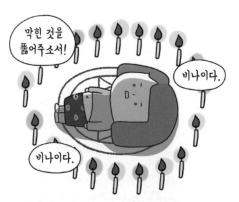

주술 같은 것(?)을 하면 어쩌나
걱정하고 있었는데

그런 건 없었다.

왠지 죄송

그러고 나서 우리는 마루에 둥그렇게
둘러앉아 얘기를 시작했다.

'나는 무엇을 하며 살았는가?'
그동안 생각해보지 못한 어려운 질문이었다.

흐음...

일을 한다는 건

아주 중요한 거예요.

생계를 유지하는 고귀한 행동이죠.

하지만 그렇다고 당신의 삶 전부가 될 순 없어요.

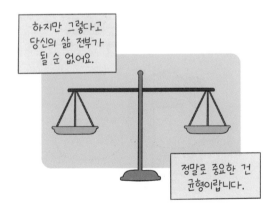

정말로 중요한 건 균형이랍니다.

머릿속으로는 알고 있지만...

쉽지 않죠? 그럴 거예요.

발리에서 뭘 하면 좋을지 물어봤죠?

그동안 무너진 균형을 맞추세요.

먼저 정해진 시간에 식사를 하세요.

그다음엔
매일 좋아하는 일을 하세요.

푸른 바다에서
서핑을 하거나

악기를 연주하고
춤을 출 수도 있죠.

그런데 혹시...

그림 그리는 거
좋아하지 않아요?

헛!

그리고 매일 밤 잠들기 전에
당신과 대화를 나누세요.

정수리부터

눈, 코, 입,
팔, 다리를 지나

마지막
발끝까지

신체 모든 부위에
집중해보는 거예요.

오늘 하루 동안
어떤 자극을 받았는지

아픈 곳은 없는지
살펴보는 거죠.

마지막으로,
이 모든 것을 '열심히' 하세요.

일이 아니라고
남는 시간에 한다거나
대충 해서는 안 돼요.

당신을 위하는 것 또한
마치 일을 하듯이

시간을 쏟고
노력을 기울여야 하죠.

흔들리는 마음을
다스리기 위해

예상은 했지만
치료사를 만났다고 해서
당장 변하는 건 없었다.

비루하기 짝이 없던 나의 육신이

에고고고~

허리 디스크

고로로록~

만성피로

급속도로 건강해지는 건
그나마 다행이었지만

충분한 수면 + 규칙적인 식사

여드름마저
사라지다니...

= 건강 (+ 꿀피부)

마음은 여전히 복잡했다.

남는 것이 시간 + 혼자 다님
= 생각이 더 많아진다

하아아...

다시 취직 못 하면
어떡하지.

돌아가면
뭐 해 먹고살지.

가족들
보고 싶어.

돈도 없는데
괜히 왔나.

흔들리는 마음을 다스리기 위해
명상을 배워보기로 했다.

숙소 근처
요가원

좋다는 이야기는 자주 들었지만
뭔가 어려울 것 같았는데

첨단의 메카 실리콘밸리는
왜 명상에 열광할까

뭔가
심오할 듯?

종교적?

영국 왕자부터 CEO까지
전 세계 부자들은 명상 중

실제로 해보니 아주 간단했다.

1

편한 자세를
취한 뒤

2

숨을 크게 들이쉬고
천천히 내쉬는 것을
집중해서 반복한다

돌이켜보면 나 역시 직장 생활이
힘들 때마다 휴식을 갈망했지만

휴가도 매년
한두 번씩 가고

힐링한답시고
돈도 많이 썼지

제대로 쉬는 방법은
몰랐던 것 같다.

온 마음
다해서

집에
가고 싶다.

일할 때는 쉴 생각

낼 출근하면
보고서 먼저
써놓고...

쉴 때는 일 생각

명상을 배우고 나서는 생각이
원치 않는 방향으로 흘러갈 때마다

조용히 자리에 앉아 호흡에 집중했다.

날뛰는 야생의 짐승처럼 거친 내면을
진정시키기 어려운 날도 있었지만

대부분은 먼지를 쓸어 담고
청소한 것처럼 마음이 후련해졌다.

여전히 나는 길을 잃은 채 방황하고 있지만

불안한 마음을 위로할
작은 방법 하나를 찾은 것만으로도

마음이 든든해졌다.

실수하고 실패해도
괜찮아!

치료사와의 약속을 지키기 위해

정해진 시간에 식사를 하고

- 불규칙적인 식사
- 절식과 폭식 반복
- 인스턴트 위주

- 삼시 세끼
- 딱 1인분만
- 골고루 먹기

매일 그림을 그리기 시작했다.

퇴사 기념으로 산
태블릿 PC

그렇게 해서 탄생한
나의 첫 그림은...

이런 걸 열심히 그렸다.

그 외 남는 시간은
어떻게 보낼지 고민하다가

무언가를 배워보기로 했다.

요가와 태극권으로
긴장된 몸과 마음을 풀어주기도 하고

달이 밝은 금요일 밤엔
흥겨운 음악에 맞춰 살사 댄스도 추고

발리의 명절을 맞아
신에게 바치는 꽃장식도 만들어보고

난생처음 서핑을 배우며
바닷물도 듬뿍 마셨다.

사진도 찍어준다...

무언가를 배우며 가장 좋았던 점은

일상에선 허용되지 않던 실수와 미숙함이

이때만큼은 얼마든지
용납된다는 것이었다.

언제부턴가 나는
누군가가 정해준 길을 따라 걸으며

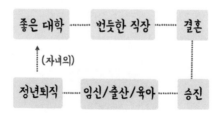

끊임없이 주변을 곁눈질하고 살피면서

혹시라도 실수하거나 실패하여
뒤처질까 불안해했다.

지금의 나는 그 어느 때보다도
멀리 밀려나 있지만

백수 + 무계획

온전히 나를 위한 시간 속에서
그 어느 때보다도 홀가분하고

살아 있음을 느끼고 있다.

수없이 떨어지고
허우적거리며 배워나가는 과정.

그 끝에서 나만의 길을
찾을 수 있으리라 믿으면서.

덧붙이는 쓸데없고
사소한 이야기
③

수업에서 만난 누군가가
직업을 물어보면

왓 두유 두?

원가 있어 보이고
싶은 마음에

놀고 있으니
아임 플레잉?
...이건 아니겠고.

직업이 없다?
아이 돈트
해브 어 잡?

괜찮은 표현을
찾아놓았다가
써먹곤 했다

산책 비관론자의
깨달음

발리를 여행하다 보면
꽤 자주 들을 수 있는 단어,
'잘란잘란'.

'어슬렁거리며 산책하다'
라는 뜻이라고 한다.

산책이 일상인 이곳 사람들과 달리

나는 뭐랄까...
'산책 비관론자'였다.

세상
비관적

예전에 병가를 내고
병원에 다녔을 때도

산책을 권유받았었는데

하루에
한 번씩은

산책을 하면서
햇빛을 쬐도록 하세요.

그 말을 지키기가 어찌나 어렵던지.

자리에서 일어나 잠옷을 벗는
아주 간단한 행동조차

인생 최대의
고난으로 느껴질 만큼

집과 바깥세상 사이에 있는
현관문은 너무나 무거웠다.

그 뒤로는 걷기를
피하기까지 했는데

대중교통이 거의 없는 발리에서만큼은
어쩔 도리가 없었다.

발리의 도로는 대체로
아주 좁고 고르지 못해서

곳곳에
물 웅덩이

겨우 한 명
지나갈 너비

구멍이 엄청 큰
배수구

주변을 살피며
천천히 걸어야 했는데

강제 잘란잘란

아주 오랜만에 햇빛으로
노오랗게 온몸을 물들이고 나니

앗흥,
따뜻행!

축축했던 내 마음도 볕에 잘 말린
이불처럼 뽀송뽀송해졌고

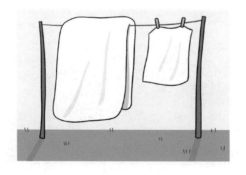

그날 밤에는 잠도 잘 잤다.

굳이 돈 쓰고 시간 써서
직접 해봐야 깨닫는 타입

그때부터는 딱히 갈 곳이 없더라도
산책을 자주 했다.

거리에서 느껴지는 휴양지 특유의
쨍한 생동감도 좋았지만

초록초록
풀과 나무

건강한 사람들

맛있는 냄새

걸으면 걸을수록 보이는 일상 속의
사소한 아름다움에 많은 위로를 받았다.

이렇게 좁은
틈 사이에서
꽃을 피우다니

삶에 대한
의지가
대단하구만!

'진작 깨달았다면 좋지 않았을까' 하는
아쉬움은 있지만

진흙탕에 빠진 사람에게는
발 한 걸음 옮기는 것조차 쉽지 않은 일.

억지로 노력하며 발버둥 칠수록
더욱 깊이 빠질 뿐이기에

그대로 주저앉아 잠시 쉬었다가

날이 개고 진흙이 마른 뒤 걷기.
그것만으로 충분하다.

나의 일기장을
가득 채운 것들

한편 발리에 도착한 날부터
일기를 쓰기 시작했는데

지금까지 일기라고는 초등학교 숙제와

흑역사 가득한
싸이월드 일기장이 전부였으니

크큭...

흑염룡이 날뛰고 말아서 말이지

진짜 일기는 처음인 것 같다.

나만 보는
솔직한 이야기...

하루 동안 있었던
많은 일을 차분히 기록하다 보면

뒤죽박죽 섞여 있던 고민과 깨달음이
한결 정리가 되고

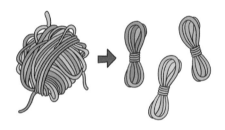

미처 몰랐던 나의 감정과 생각을
발견하기도 한다.

하지만 그다지 쓸 만한 게 없는 날엔

허무함과 죄책감이 들기도 했는데

그럴 땐 그냥 뭐라도 한 줄 썼다.

하루 종일 비가 와서
오늘 하늘은
오묘한 연보라색...

하늘의 색깔이나

세탁 맡긴 옷에선
엄청나게 진한
섬유 유연제 향기...

옷에서 났던 냄새

냉장고 전력이
시원치 않아서
맥주도 시원치 않다.

크으... 라임 좀 보소

맥주의 온도

평범하지 않은 나를
손가락질하던 사람들도

그땐 우리가
이기는 거야.

어느 날 갑자기
특별해지고 싶어 하지..

대사 한 구절

사소한 것일지라도 느끼고 알아챈
모든 것을 써내려나가면

그런대로 알록달록한 하루가 된다.

살다 보면 특별한 날보다는

그렇지 않은 하루가 훨씬 더 많다.

행복한 일도 없고 열심히 살지도 않은
그저 그런 날의

지극히 짧고 사소한 기록조차
마음은 담겨 있는 법.

나는 스스로를 무채색이라고 생각했지만
나의 일기장은 다양한 색깔의 감정과

그토록 찾아 헤매던
내가 좋아하는 어떤 것으로 가득 차 있었다.

있는 그대로의 나를
사랑할 수 있도록

일기를 쓸 때 가장 신경 썼던 부분은

좋다고 느낀 무언가를
전부 기록하는 것이었다.

"좋았던 _____"

감정 / 사물 / 행동
기억 / 상황 / 사람
:

좋아하는 것 찾기는
나의 오래된 고민이기도 했고

여행을 떠난 가장 큰 목적이었기 때문이다.

아무리 작고 사소한 것이라도
계속 기록하다 보면

그 속에서 규칙이나 공통점을 찾을 수 있는데

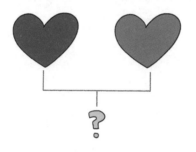

내가 좋아하는 것 대부분은

주로 혼자서 하는 일이라는 공통점이 있었다.

그간의 나를 보면
새삼 놀랄 일도 아니지만

나의 선호도

넓은 인간관계   <   좋은 인간관계

TEAM PLAY   <   **SINGLE PLAY**

팀으로 일하기   혼자 일하기

나는 이것을 '좋아하는 것'이라기보다는

'고쳐야 할 단점'이라고 생각했던 것 같다.

대학을 졸업한 뒤엔
회사원이 되는 것이 당연한 일이었고

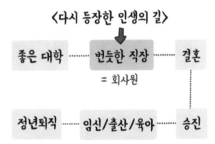

대부분의 회사는 이런 것을 원하기에

내가 가지고 있는 본연의 모습 중에서

맞지 않는 건 고쳐야 한다고
여겼기 때문이다.

그동안 나름대로 고치려고 노력했지만

사실은 그저 감추고 숨긴 것일 뿐

회사를 다녔던 6년이라는 시간이 지나도록
나는 그 모습 그대로였다.

모든 일에는 어느 정도의 소질이 필요한데

평범해 보이는 직장 생활도 마찬가지였다.

내가 그동안 힘들었던 건
맞지 않는 옷을 억지로 입기 위해

스스로를 부정하고 미워했기 때문이었다.

그 사실을 깨닫고 나자,
비로소 회사에 대한 미련을 떨쳐내고
새로운 시작을 준비할 수 있었다.

부족한 것도 모난 것도 다 나의 모습.

있는 그대로의 나를
사랑할 수 있는 직업을 찾기 위해

나는 또다시 여행을 떠난다.

덧붙이는 쓸데없고 사소한 이야기 ④

길다면 길고 짧다면 짧은
두 달간의 여행 동안

외적인 변화로는
살이 조금 쪘고

잘 먹고
잘 쉬었더니...

햇빛에 그을려
피부가 탔다

요렇게 얼룩덜룩
경계가 남았는데

두 달 동안
신나게 산 증거인 것 같아서

서핑 배우기   수영하기   테라스에서
책 읽기

스노클링   산책하기

볼 때마다 은근히
기분이 좋아졌다

인생을 즐길 줄
아는 자 같군...

나란 녀석...

-끝-

4장

일상으로
돌아와서
생긴 일

타닥

타닥

여행이 나에게
남긴 것

밤 비행기를 타고
일곱 시간을 날아서 한국에 도착했다.

비몽사몽 중에 겨우 짐을 챙겨서
공항을 빠져나오니

청량한 봄바람이 코끝을 간질였다.

두 달 동안 겪은
덥고 습한 날씨에 지쳤던 나는

덥고... 끈적인다...

난생처음으로
데오드란트도 써봄

뽀송하고도
시원하도다...!

겨땀이여,
이젠 안녕...!

콩카

콩카

그것이 꽤나 반가웠더랬다.

먼지가 가득 쌓인 집을 청소하고

먹고 싶었던 음식을 하나씩 섭렵하며

정신없이 며칠을 보내고 나니

나의 일상은 언제 그랬냐는 듯
제자리로 돌아왔다.

변한 것 하나 없는 창밖 풍경을
가만히 바라보다가

문득 이런 생각이 들었다.

일상에서 벗어나 지쳐 있던 나에게
휴식을 주고 즐거운 추억을 남긴다는
점에서는 보통 여행과 똑같았지만

발리 여행이 남긴 가장 특별한 점은
스스로를 향한 마음가짐의 변화였다.

가장 소중한 건
나 자신입니다.

물론 그 자체를 몰랐던 건 아니지만

관심과 노력이 필요한
영역이라고는 생각하지 않았기에

바쁜 일상 속에서
나를 위한 시간은 늘 뒷전이었다.

그렇게 방치된 마음은
마치 파도 앞의 모래성과 같아서

살면서 겪는 작은 좌절에도
쉽게 휩쓸리고 무너져버렸다.

그동안 얽매여 있던
모든 것으로부터 멀찍이 떨어져

나를 위한 시간을 통해
깨달음을 얻고

여러 가지 방법으로 스스로를 돌보면서

마음의 방파제를 쌓고 돌아오니

더 이상 예전처럼 쉽게
무너지진 않을 것 같다는 생각이 들었다.

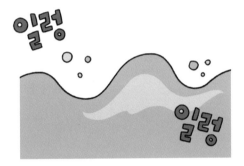

두 달의 여행이 나에게 남긴 것은
그걸로 충분했다.

나를 지키는
작은 습관

일상으로 돌아온 후에 가장 신경 썼던 점은

발리에서 가져온
좋은 습관을 유지하는 것이었는데

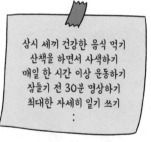

삼시 세끼 건강한 음식 먹기
산책을 하면서 사색하기
매일 한 시간 이상 운동하기
잠들기 전 30분 명상하기
최대한 자세히 일기 쓰기
:

겨우 맞춰놓은 삶의 균형을
잃고 싶지 않았기 때문이었다.

하지만 그 모든 걸 다 하기에는
꽤 무리가 있었고

시간이 지나면서
자연스럽게 사라지거나

나의 입맛에 맞게 조금씩 변형되면서

마지막엔 딱 두 개만 남게 되었다.

집에서 해가 가장 잘 드는 창가에

푹신하고 보드라운
방석을 하나 골라 바닥에 놓고

나의 애착 방석 1호
애칭은 퐁실이

아침에 일어나서
그곳에 앉아 햇살을 듬뿍 받는다.

그러고 나서
5분 정도의 짧은 명상을 하고

마지막으로 오늘의 할 일을 떠올려본다.

그렇게 시작한 일과가 모두 끝나면

일기장을 들고 다시 방석에 앉아

편안하고 조용한 분위기에서

독하지 않은
향을 피우거나

귀여운 사이즈의
초를 켜도 좋다

간단하고 재미있는 방법으로
오늘의 나를 기록하며 하루를 마무리한다.

 오늘 나의 기분을
나타내는 색깔

#15-4415
밀키블루

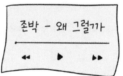

오늘 들었던
플레이리스트

존박 - 왜 그럴까

베이지색
티셔츠

고무줄
청바지

오늘의
OOTD

오늘의
소소한 지름신

곱창 머리끈과
지우개 달린 연필

아무리 대단하고 좋은 습관이라도

부자가 되는 습관,
이것만 기억해라!

명문대 학생들의
아침 습관

성공한 사람들의
230493가지 습관

미라클 시크릿!
기적의 습관

나의 손때가 충분히 묻지 않으면
오래가지 못하는 법.

새로 산 구두를
길들이는 것과 같다

소박하더라도 꾸준한 습관이
일상에 뿌리내리니

긴 시간이나 특별한 노력 없이도

일어나서 10분
+ 자기 전 10분
= 하루 20분 정도의
나를 위한 시간

자연스럽게 삶의 균형을 챙길 수 있었다.

네 덕이 크구나,
퐁실아.

퐁실 퐁실

역시 좋아하는 일을
하고 싶어!

회사를 그만두고 백수가 된 지
어느덧 4개월.

살면서 이렇게까지
길게 쉬어보기는 처음이었다.

역대 휴식 연혁

방학 3개월
병가 3개월
휴가 15일/연

-끝-

회사원일 때 꿈꿨던 로망을
하나씩 뽀개가며

백수 버킷 리스트

- ☑ 장기 여행 가기
- ☑ 늘어지게 늦잠 자기
- ☑ 조조영화 보기
- ☑ 평일 낮 브런치
- ☑ 카페 가서 책 읽기

한 달 정도 간만의 휴식을
실컷 즐기고 나서

본격적으로 진로 고민을 시작했다.

모든 면에서 완벽한 직업이 있다면
더할 나위 없이 좋겠지만

그런 직업은 아마도 이 세상에
존재하지 않을 확률이 매우 높으므로

마치 이상형을 그려보듯이

내가 원하는 조건을 정리해보기로 했다.

일단 발리에서 혼자 있는 것을 좋아한다는
한 가지는 확실하게 깨달았으니

회사와 관련된 사항은 더 이상
고려할 필요가 없어졌고

수입도 예상할 수가 없어서
고려 대상에서 제외시켰다.

맞지 않는 일을 하며 힘들어했던 지난 직장 생활을
오답 노트처럼 천천히 떠올리면서

나에게는 큰 의미가 없었던
여러 조건을 하나둘씩 제하고 나니

마지막으로 딱 하나 남은 건
역시나 이것이었다.

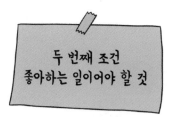

두 번째 조건
좋아하는 일이어야 할 것

퇴사할 이유가 수백 가지였던
첫 회사와 달리

장점 : 돈을 많이 줌
단점 : 그 외 전부

두 번째 회사는 여러모로 완벽했지만

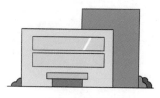

단점 : 돈을 덜 줌
장점 : 그 외 수백 가지

좋아하는 일이 아니었기에
내 마음은 늘 공허하기만 했다.

'하고 싶은 일'이라는 단어 앞에도
늘 물음표가 있었다.

하지만 지금의 나는 좋아하는 것을 충분히 찾았고

좋아하는 일을 하겠다는
나의 선택에 대한 믿음도 있다.

하기 싫은 일을
하면서도
실패했잖아.

그렇다면
좋아하는 일에
도전하는 게 낫지!

새로 찾은
네 가지 선택지

내가 원하는 조건을 추려봤지만

CHECK POINT

√ 혼자 할 수 있는 일

√ 흥미가 있는 분야

여전히 막막한 상태라서

어떤 직업들이 있는지 찾아보기로 했다.

처음 들어보는 생소한 직업을 포함해

엄청나게 다양한 직업을 탐구하다 보니
방대한 정보량에 잠깐 혼란스러웠지만

그래도 방향을 잡는 데 큰 도움이 되었고

어쩐지 안심되기도 했다.

다음으로, 발리에서 썼던
일기장을 참고하면서

8월 30일

이생강
관찰 일지

내가 관심 있는 일과
흥미 있는 일을 천천히 써본 뒤

내가 좋아하는 (   )는?

취향	노래 음식 그림 영화 책 TV프로
인물	배우 가수 작가 유튜버
활동	운동 춤 악기 학문 휴식
장소	여행지 식당 아지트

예) 내가 좋아하는 여행지는?

비슷한 것들을 묶어 카테고리를 만들고

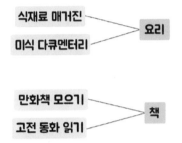

직업으로 삼고 싶은 것과
취미로 남기고 싶은 것을 분류해보았다.

직업	취미
여행 영화	게임 요리
책 글쓰기	마음챙김
그림 언어	음악 꽃
만들기	

좋아하는 일을 그대로
직업과 연결시키는 건 어려웠지만,

자료 수집 단계에서 찾아두었던
직업들을 생각하면서

영화 ✚ 글쓰기 ＝ 영화 평론가
─────────────────────────
언어 ✚ 글쓰기 ✚ 책
              ＝ 번역가
─────────────────────────
그림 ✚ 책 ＝ 북 디자이너
─────────────────────────
여행 ✚ 글쓰기 ＝ 여행 작가

두 가지 이상을 조합하다 보니
끌리는 것이 생겼다.

최종 후보

영화 평론가   **번역가**

북 디자이너   **여행 작가**

네 가지 선택지 모두 가슴이
두근거릴 만큼 마음에 들었지만

당장 가진 돈이 넉넉지 않은 처지에
투자가 필요한 직업은 부담스럽기도 했고

북 디자이너   **번역가**

현재 상태에서는
전문 교육 이수가 필요함

내일이라도 바로 시작할 수 있는
직업을 찾다 보니

영화 평론가

관련 경험 및 지식 없음

내가 도전할 수 있는 직업은
딱 하나 남아 있었다.

여행 작가

이미 여행을 다녀옴!

야, 너도
할 수 있어!

다음 날부터 나는
매일 같은 시간, 같은 장소에 앉아

발리 여행을 떠올리며 글을 쓰기 시작했다.

새로운 꿈을 향해
도전하는 그 시간은 매우 행복했지만

시간이 네 달쯤 흐르자

시작할 때의 패기와 확신은
점점 사라지고

의구심과 불안이 싹트기 시작했다.

그 어느 때보다도 노력하고 있지만

보상이나 성과가 없는
현실을 견디기란 생각보다 힘들었다.

알아주는
사람도 없고

돈이 나오는 것도
아니고

그래서 며칠 동안 자체 휴업을 하고

임시 휴업

**잃어버린 열정을
찾으러 다녀옵니다**

동기 부여가 될 만한
롤 모델을 찾아보기로 했다.

ROLE MODEL

자기가 해야 할 일이나 임무 따위에서
본받을 만하거나 모범이 되는 대상

롤 모델을 찾기가 굉장히 애매했던
직장인 때와는 달리

본받을 만한
직장인?

모범이 되는
직장인?

이런 인간은
되지 말아야지...

극 혐

그 반대의 경우는
쉽게 찾을 수 있었던 기억이...

좋아하는 일을 하고 있어서인지
롤 모델 찾기가 어렵지 않았다.

닮고 싶은 사람들의 저서를 읽어보거나
강연을 듣기도 하고

심지어는 운 좋게 직접 보기도 하면서

노력 끝에 지금의 자리까지 온
그들의 모습을 바로 곁에서 접해보니

불안했던 마음은 자연스럽게
열정으로 가득 찼다.

내가 선택한 길을 앞서 걸어가서

그 길 앞에 펼쳐질 고통과 슬픔을
먼저 이겨내고

내가 선택한 길이
틀리지 않았음을 증명해주는 사람.

그런 존재 하나쯤 마음에 품고 사는 것도
꽤 괜찮은 것 같다.

혼자라면 아마
불가능했을 일

꿈을 이루기 위해 노력하는 과정은

어둡고 긴 터널을 혼자서
묵묵히 걷는 것과 같았는데,

지금 나의 위치가 어디쯤인지도

제대로 된 방향으로 가고 있는지도

언제 끝날지도 알 수 없었다.

이 길고도 고독한 자신과의 싸움에서

누군가가 나를 응원해준다면
큰 힘이 되겠지만

가까운 사람의 응원과 관심은
어쩐지 부담스럽다.

하지만 한차례 슬럼프를 겪고 나니

아무리 혼자 하는 일이라 해도

나만의 세상에 고립되면
안 되겠다는 생각이 들어서

일주일에 두 번씩 온라인 사이트에
글을 올리기 시작했다.

그러자 느슨해지지 않는 긴장감이 생겼고

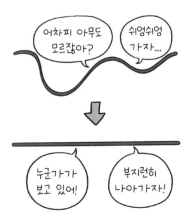

낯선 사람들과 비슷한 고민을
함께 나누기도 하면서

촛불처럼 잔잔하고
따스한 위로를 받았다.

전에는 몰랐던 사실을
깨닫게 된 것도

꿈에 가까워질 기회가 생긴 것도

혼자였다면 아마도
불가능했을 일.

나를 응원해주는 누군가를 만나는 일은

꿈을 이루는 것만큼 행복한 일이었다.

좋아하는 일을
하는 요즘

좋아하는 일이 직업이라는 건
꽤 이상적인 이야기로 들리지만

모든 일이 그렇듯 나름대로의 고충이 있다.

현실적인 문제도 그중 하나이고

걱정 근심도 그중 하나이다.

가끔은 실패할까 봐 두려워서
회사를 다닐 때보다 더 오래 일한 적도 있다.

하지만 그렇다고 해서
나의 선택을 후회한 적은 없다.

이런 낭만적인 이유라기보다는

이런 느낌에 가깝지만 말이다.

과거의 나는 맞지 않는 일에
억지로 나를 끼워 맞추며

오직 그 길만이 바른 길이고
정답이라고 생각했다.

주변 사람들도
다 회사원이니까...

이거 말곤 딱히
할 게 없으니까...

하지만 사람은 누구나 자신만의
고유한 특성을 가지고 있고

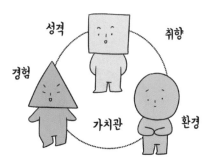

직업에 대한 생각 역시 저마다 다르기에

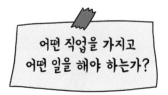

이 질문에 한 가지 정답은 있을 수 없다.

우여곡절 많았던 직장 생활부터

영화를 보고 무작정 떠난 발리 여행과

꿈을 찾아 도전하고 있는 지금까지.

6년이 넘는 여정 끝에
나만의 길을 찾고 나니

일은 더 이상 고통이 아닌
뿌듯한 성취감을 주는 대상이자

생계를 유지하는 고귀한 행위이며

더 나은 사람이 되고 싶게 만드는
원동력이 되었다.

좋아하는 일을 열심히 하면서
꿈을 향해 뚜벅뚜벅 걸어가는 요즘.

이 일상이 나는 참 좋다.

덧붙이는 쓸데없고 사소한 이야기 ⑤

작가 지망생이 가진
의외의 장점은

힘들거나
짜증 나는 일이 생겨도

후후후~
맛있겠...

배달시킨
쌀국수

드악!!!

미-끌

소재가 생겼다며
즐거워할 수 있다는 것.

앗흥,
따따뜻행!

감사합니다🖤

회사 가기 싫으면 뭐 하고 싶은데?

초판 1쇄 발행   2020년 7월 30일
초판 2쇄 발행   2020년 8월 20일

지은이   생강
펴낸이   유성권
편집장   양선우
기획·책임편집   백주영   편집 신혜진 윤경선
해외저작권   정지현   홍보 최예름   디자인 오성민
마케팅   김선우 박희준 김민석 박혜민 김민지
제작   장재균   물류 김성훈 고창규
펴낸곳   ㈜이퍼블릭
출판등록   1970년 7월 28일, 제 1-170 호
주소   서울시 양천구 목동서로 211 범문빌딩 (07995)
대표전화   02-2653-5131 l 팩스 02-2653-2455
메일   loginbook@epublic.co.kr
포스트   post.naver.com/epubliclogin
홈페이지   www.loginbook.com

이 도서의 국립중앙도서관 출판예정도서목록(CIP)은
서지정보유통지원시스템 홈페이지(http://seoji.nl.go.kr)와
국가자료종합목록 구축시스템(http://kolis-net.nl.go.kr)에서 이용하실 수 있습니다.
(CIP제어번호 : CIP2020030219)